엄마는 그래도 되는 줄 알았습니다

엄마는 그래도
되는 줄 알았습니다

심순덕 지음 ― 이명선 그림

니들북

내 나이 불혹에 썼던
'엄마는 그래도 되는 줄 알았습니다'가
스무 살이 되었습니다.
마치 기념 시집처럼 나오는 이 시집을
가슴 시린 눈물에 젖어 사는 세상의 엄마들과
뒤에서 응원하는 모든 분들께 기꺼이 바칩니다.
진정 고맙습니다.

2019년 11월 늦가을
春川에서 심순덕 씀

시인은 바람에 색깔을 칠한다고 했던가? 심순덕 시인의 시는 순수한 자연 언어로 삶의 속살 깊숙이에 예쁜 색깔을 칠한다. 그래서인지 우리 가슴에 아주 편하면서도 강렬한 울림을 준다. 특히 시 '엄마는 그래도 되는 줄 알았습니다'는 읽을 때마다 인고의 삶을 사셨던 어머니를 그리는 마음이 되어 가슴이 아파온다.

시를 사랑하는 마음을 지닌 사람은 세상에서 가장 아름다운 사람이라 했다. 이렇게 아름다운 시를 쓰는 시인은 그 영혼이 얼마나 맑을까!

앞으로 더 좋은, 더 많은 시로 가난한 많은 영혼들에게 따뜻한 빛을 주시기를 기원한다.

— 장인순 박사, 전 한국원자력연구원 원장

국민 엄마, 국민 드라마라는 말처럼 이제는 '국민 사모곡'이 된 시 '엄마는 그래도 되는 줄 알았습니다'. 이 시를 KBS 주말극 〈세상에서 제일 예쁜 내 딸〉 마지막 회에 꼭 넣고 싶었습니다. 시인께서 허락해주셔서 부족한 드라마가 감동과 향기로 더욱 빛났습니다. 인간에 대한 예의를 잃지 않는, 마음이 따뜻한 시인의 새 시집을 축하합니다.

— **김종창 PD, 드라마 연출**

시집을 받아보고 고맙고 행복했습니다. 어제 밤새 시를 읽으며 울다 웃다, 그랬습니다. 동화 같고 아름다운 수채화 같아서, 따뜻해서 눈물이 났습니다. 횡계천 건너 외딴 곳에 아련하게 있던 언니네 집과 어머니… 그리고 그곳에 살 때 언니가 들려주었던 이야기들이, 시집 곳곳에서 행간 사이에서 살아나 제 눈앞으로 달려 왔습니다. 마치 영화의 한 장면처럼요. 그래서 언니가, 횡계가 더욱 그립습니다.

— **김순덕 마리아 수녀, 씨튼수녀회**

6장

엄마 무덤가에서 칭얼대고 싶습니다

1장

엄마는 그래도 되는 줄 알았습니다

엄마

옹알이로 처음 시작되어진
  - 이름.

불러도 불러도 그리운
  - 이름.

한마디 말 없음에도
  충분히 수다를 떤-

힘들 때면 더욱 생각나는
  - 이름.

내겐
늘 눈물이던
  - 이름.

······엄마······

엄마는 그래도 되는 줄 알았습니다

엄마는
그래도 되는 줄 알았습니다
하루 종일 밭에서 죽어라 힘들게 일해도

엄마는
그래도 되는 줄 알았습니다
찬밥 한 덩이로 대충 부뚜막에 앉아 점심을 때워도

엄마는
그래도 되는 줄 알았습니다
한겨울 냇물에서 맨손으로 빨래를 방망이질해도

엄마는
그래도 되는 줄 알았습니다
배부르다 생각 없다 식구들 다 먹이고 굶어도

엄마는
그래도 되는 줄 알았습니다
발뒤꿈치 다 헤져 이불이 소리를 내도

엄마는
그래도 되는 줄 알았습니다
손톱이 깎을 수조차 없이 닳고 문드러져도

엄마는
그래도 되는 줄 알았습니다
아버지가 화내고 자식들이 속 썩여도 전혀 끄떡없는

엄마는
그래도 되는 줄 알았습니다
외할머니 보고싶다
외할머니 보고싶다 그것이 그냥 넋두리 인줄만-

한밤중 자다 깨어 방구석에서 한없이 소리 죽여 울던
엄마를 본 후론
아!
엄마는 그러면 안 되는 것이었습니다

엄마는…

자식의 몸짓에 웃음 짓는 사람

자식에겐 늘 죄인으로 사는 사람

그리움이 때처럼 묻어있는 사람

등 뒤에서 슬픈 눈물짓는 사람

끝까지 내 편인 단 한 사람

그런 사람 그런 사람 엄마

아니다

가난한 내 엄마
늘 하시던 그 소리
아.니.다
불현듯 생각나는 가을 노래처럼
노래방에도 없는 가사에
쓸쓸한 흥얼거림으로
휭-하니 바람만 부는 가슴
엄마!!
뭔 일 있어요?
아.니.다
해 질 녘 아궁이에 군불을 지필 때면
무채색 삶의 버거움에 취한 얼굴
입속에서 신음처럼 흘러나오던
아.니.다
사계절이 다 지나도록

꽃 같은 나이 잊고 사는 것도

이미 여자가 아니어도

엄마 떠난 딸이 아니어도

자식 가진 에미로 살다 보니

모든 게 아니고 또 아니다

내가 이미 내가 아닌데

아니다 말고 무엇이겠는가

살면서

이게 아닌데- 갸우뚱할 때나

이건 아닌데- 화가 날 때도

내 어머니의

한 맺힌 가슴앓이

즙으로 짜여지던 속울음

아.니.다

온몸으로 참고 이겨내던

어머니의 처절한 울음소리

곧 나의 울음이며 내 딸의 눈물일

아.니.다

아.니.다

태어나서 죽을 때까지 화두가 돼버린.

엄마 생각 · 1
—서거리 깍두기

엄마 생신 때나 제사 때면
꽃을 좋아하시던 엄마를 생각하며
꼭 꽃바구니를 준비합니다
편지처럼 꼬리표에 몇 글자 제 마음을 적어봅니다
지난번 제사 때는
〈서거리 깍두기가 그립습니다- 막내딸 올림〉
엄마가 해주신 서거리 깍두기가
하- 먹고 싶어 썼던겝니다
큰언니가 엄마 대신 해보냈지만
그 맛이 안났습니다
태어나서 처음으로 내가 담가 보았습니다
엄마 맛하고는 거리가 멀었지만
대리 만족을 하고서야 직성이 풀렸습니다
나이를 먹는다는 것
늙어 간다는 것

아마도 이런 건가 봅니다
엄마 생각이 더 많이 나면서
엄마가 해주시던 음식이 무지 먹고 싶다는 겁니다
그런 겁니다

엄마 생각 · 2
— 달래장아찌

해마다 장을 담그십니다

빛깔도 참 고운 고추장에 막장 맛은 또 그만입니다

텃밭에서 금방 뜯어 온 배추랑 상추랑

그 위에 실파와 쑥갓을 얹어

감자밥에 고등어 구워 먹던 그 맛은

잊혀지지 않습니다

거기에 잘 익힌 달래장아찌

아- 정말 미치도록 그립습니다

봄이면 병처럼 자연산 달래를 사서

장 속에 박아 넣어 보지만 제맛은 아닙니다

저 닮은 딸아이와 외할머니 얘기를 하며

손가락으로 달래장아찌를 집어 먹는 그 맛

죽어라 엄마가 보고 싶습니다

끝없이 나오는 장 항아리 속 달래장아찌처럼

외등(外燈)

내가 나고 자란 그 집

외로이 걸려 있는 외등

회식이나 야근을 하고 늦게 귀가하는

나를 위해

하염없이 기다리는 엄마의 마음

한아름 보고픔을 품고

안쓰러움을 품고 사랑을 품고

그렇게 산 밑 고독한 그 집에서

외로이 나를 기다리던 그 불빛

무섭고 지친 나를 이끌어 주던

하느님 같은 그 불빛

엄마처럼 외롭고 고독하던 그 불빛

지금도 꿈속에 나오는 그, 그 불빛

나를 기다리며 쓸쓸해 하던 外燈

엄마 생각 · 4
— 부뚜막

나무를 때던 부엌은
늘 풍성한 공간이었습니다
우리 식구들 밥이 끓고
가마솥엔 여물이 푹푹 삶아집니다
숯 화로엔 꽁치구이가 지글대고
갓 짜온 염소젖은 아버지에게로 향합니다
방학 때마다 놀러 오는 조카들은
밤, 낮 가리지 않고 놀이에 빠져듭니다
뒷산을 타고 내려온 수많은 운동화들은
외할머니 손에서 부뚜막 한 켠에 나란히 눕습니다
마치 샤워 후 드라이를 하듯이 말려지면
또다시 신고 뛰어나가곤 했습니다
요술처럼 운동화는 바짝 마르고
모든 것이 가능했던 부엌, 가마솥, 부뚜막은
그 어떤 사우나도 부럽지 않습니다
오늘처럼 비가 내리는 날이면 더욱 생각납니다
흙 내음 징하던 그 부뚜막이.

엄마 생각 · 11
— 김칫광

겨울이 깊어가는 한밤중
야식 먹는 재미는 또 다른 행복감을 안겨주었다
깜깜한 밤 하얀 눈 속을
함지박 하나 들고
김칫광을 다녀오신 엄마 손엔
살얼음 낀 동치미, 총각무, 갓김치가 한가득
우리의 입맛을 자극한다
밥을 물에 말아
맛있고 또 맛있게 먹었던 그 시간들은
지금 생각해 봐도 맛있다
그 맛있게 먹는 자식 모습 보려고
무서움 이기고 다녀오시던 엄마는
언젠가 고백하셨다
무서웠다고.
정말 무섭더라고.
우리가 맛있게 먹었던 것만큼
무서웠을 엄마를 생각하면
지금도 미안하고 죄송하다

엄마 생각 · 5
—100원

엄마의 단골 가게는
〈금성상회〉, 〈형제상회〉였습니다
경상도 사투리를 조금씩 쓰는 아줌마가 운영하던
금성상회에서는 부식을 사오셨고
물건에게까지 존칭을 쓰는 아저씨가 운영하던
형제상회에서는 생필품을 구입했습니다
어느 날엔가
부식을 사오신 엄마는
「순덕아, 미쳤다. 내가 미쳤다.
　하도 배가 고파 100원 주고 빵을 사 먹었지 뭐냐」
이런. 이런
당신 자신을 위해 돈을 쓴다는 건 죄라고 생각하던 엄마는
죄책감으로 내게 고백하듯이 얘기하시고 괴로워하셨습니다
아 불쌍한 엄마- 희생만 하신 내 엄마
너무 불쌍해서 자꾸만 자꾸만 생각나곤 합니다
100원. 100원. 그놈의 100원.

엄마 생각 · 9
―꿈

가끔씩 꿈속에선 살아계신 엄마
막연히 엄마 보러 간다고 들떠 있다가
문득, 잠에서 깨고 나면
허전한 현실이 눈앞에 있다
온통 세상이 텅 비어 서러워지는
이 세상보다 좋고, 보고픈 엄마를
볼 수 없어 안절부절인 내가
가엾어 꺼이꺼이 울다가
구차한 밥을 짓는다
아, 아- 엄마 내 엄마

고향집 · 여름

어김없이 주어지는 여름방학 숙제
곤충채집과 식물채집
방학한 날부터 나비며 잠자리며
마구 잡아서 책 사이에 눌러 놓고
이름도 모르는 풀까지 뽑아
「어깨동무」와 「소년중앙」에 끼워 넣곤 했었다
셋째 오빠는 대대장!
꼬마 오빠는 중대장!!
막내인 나는 언제나 소대장!!!
조카들은 모두 졸병이라서
산딸기와 깨금을 주워 왔고
대대장은 끔찍하게 소대장을 아꼈다
방학한 다음날 와서 개학 전날 돌아가던
수많은 사람들
더러는 소식도 모른 채 산다

멍석을 깔고 저녁을 먹는다

라디오 연속극 들으며 범인을 추측해

관제엽서에 적어 보내고

반딧불이와 별빛들로 적당한 조명 아래서

밤늦도록 숨바꼭질을 했다

지칠 줄 모르던 서정의 시간들

압화처럼 걸려 있다

고향집 · 겨울

눈은, 작은 우리 초가집보다 많이 내렸다
학교 가다 보면 옆집 사이에 눈 터널을 뚫고 다녔고
스키로 썰매로 등 · 하교하기도 했다
뒷산 중턱에 빨간 산장이 있었다
60年代 내로라 하는 영화배우들은
촬영차 거의 거쳐 간 곳이다

우리 집을 지나칠 때면 카메라 펑펑 터뜨리며 찍어갔고
67년 〈여성동아〉 1월호에 실렸다
빨랫줄에 널려있던 빨간 엑스란 내복이 압권이었다
지금은 모두 없어진… 그리움으로 탑을 쌓고 있다
다시금 고향집에서의 사계절을 보내고픈 그 마음
다시 태어나도 그 집에서 살고 싶다

흑백사진

손바닥 안에
쏘- ㄱ 들어가 안겨버린
내 어린 날 한 장의 그림
그리운 사람들 함께하는
작은 마음의 공간.

누워도 있고 앉아도 있고
두 눈 질끈 감아도
늘 정겨운 삶의 실루엣
액자 속 추억으로 걸려있는

세월이 가고
나이를 먹고
내 아이들이 나만큼 자랐어도

흑백사진 속 어린 시절은

늙지 않아 좋다

함께라서 좋다

진짜 좋다

한 장의 흑백사진

돋보기 맞추던 날

세월은 누구에게나
공통된 과정을 거치게 하거늘
작은 글씨 보기가 영- 힘들어
버티고 버티다 돋보기를 맞췄다
마치 말갛게 눈을 씻은 듯
멀쩡하게 보이는 글씨들 앞에서… 그만
바늘에 실 꿰는 게 힘들어 나를 찾으시던 엄마를 보았다
눈물 그렁한 그리움만 더욱 크게 비춰주던
돋보기를 괜히 맞췄나 보다

밤하늘의 추억

울게 하소서
엉엉 울게 하소서
밤길을 걷다가
나그네의 쉼을 돕고자
넉넉하게 자리 잡은 벤치가 있길래
덜컥 누워버렸다

아-
실수했다
목이 턱하니 메이고
가슴이 쿵닥거리고
숨이 가쁘다던 그 아이

성호를 그었다

괜히 누웠나보다
온통 펼쳐진 하늘이
눈 안에 가득, 눈 안에 가득 하늘만 보인다
어쩌나
수많은 별들과 달무리 속으로

어린 시절 계집애 하나 마냥 즐겁다
저녁 밥상 물리고
숨바꼭질하던 그 아이
옥수수밭 속에 숨어서
수염 뜯어 분장하며 낄낄대던 그 여자애가

울고 있다
엉엉 울고 있다

그 옥수수밭도
술래도
저녁 밥상도
옛날 얘기 되어버린
지금, 여기
그 아이가 울고 있다
엉엉 울고 있다.

어머니

잉크물 배어나올
그리움으로
삼베옷 한 벌
해 입고픈 마음입니다

내 마음 갈 곳 몰라
방황이던 시골역
눈언저리 이슬은
가난에 헤-진 운동화 위로 흐르고

가슴 한켠에 파놓은
두레박으로도 길어 올릴 수 없던
샘 하나엔
세월 저편이 걸려있고

키 작은 분수에서
뿜어 올리던 안개 다발엔
그리움에 절인
한 송이 장미되고 싶었습니다

흥-하니
구부러진 손가락엔
반지조차 끼울 수 없는
애처로움 달려있고

오선지 닮아있던
엄마 이마에
그리움 하나둘 올려놓으면
그대로 思母曲일 따름입니다

엄마 대신 피어난
할미꽃 곁에 두고
엄마 냄새 맡으며
잠들고 싶습니다

그런 오늘 괜시리
어머니 가신
꽃상여실-
아련히 떠오릅니다

그리움의 기도

그립다, 라는
그 말조차 사치임을 알게 하소서
너무 그리워 그리워서
말로 할 수 없는 까만 가슴으로 사는 이들 보며
그냥 침묵하게 하소서

보고 싶다, 라는
그 말조차 욕심임을 알게 하소서
보고 싶어 보고 싶어서
보고 있으나 볼 수 없는 애타는 가슴으로 사는 이들 보며
그냥 눈물짓게 하소서

잊고 싶다, 라는
그 말조차 오만임을 알게 하소서
잊어야지 잊혀져야지
마음으로 다스려도 잊을 것조차 없이 사는 이들 보며
그냥 기도하게 하소서

밥으로만 살 수 없고
사랑으로만 살 수 없고

그리움으로
보고픔으로
잊혀짐으로   살아감을 알게 하소서
        겸손함으로 감사기도 하게 하소서

메밀꽃 필 무렵

메밀꽃 지천으로
흩뿌려논 봉평
엄마의 고향이라는
그 이유 하나만으로
목놓아 섧게 울고 싶던 곳

어머니 몸속에서
내가 나왔고
나의 껍질인 엄마의 고향
그러기에 자주 찾고픈
또 하나의 고향

삶이 서럽고 야속할 때면
봉평 입구부터
메밀꽃 아늑히
양탄자 삼아 쉬고 싶어라

앞 밭에 냉이꽃이
만개하였을 때
메밀꽃인 양 착각하여
슬프게 웃으며
찍었던 한 장의 사진

하- 서러워
올려다본 하늘에
먹다 만 빵 조각처럼
귀퉁이 갈려 나간
일그러진 하얀 달

메밀꽃 무늬의
고무줄 치마 속에
어머니 한 풀어놓은 채
내 괴롬마저도
얹고픈 마음으로

내 마음
냇가에 절절히 풀면
바다처럼
파랗게 흘러갈 것만 같은데

어머니 그리운 맘
흙에 내리면
하얗게 지새워
메밀꽃 될까

빈손으로 왔다
빈손으로 가는
이 삶에서
모든 것 접어둔 채
메밀꽃 한아름 안고

거저
그리움 하나만
알게 하소서
거저
그리움 하나만……

2003. 6. 24 tue
-엄마 그리고 나의 고향을 다녀오면서

1.
엄마도
아버지도
안 계신 그곳.
그곳을 떠나는 발길이
왜 그리도 쓸쓸하던지
하염없이 울었지
울면서
뒤돌아보면서
옛날 일은 왜 그리도 생각나던지
아무도 손 흔들어 주는 이 없는……

2.

성가 연습 中

내가 좋아하는 그 곡.

"제대 앞에 엎딘 죄인"

그건 바로 나.

고개를 들지 못하고

숨어서 울었지.

하느님 앞에선 언제나 망나니.

3.

자려고

누웠는데

어린 시절 고향집 마당에서

온통 식구들과 지내는 -나-

베개를 적시며

돌아갈 수 없는

돌이킬 수 없는

그 옛날. 그 시절.

온 식구들과 다시

그렇게 지내고 싶어.

마흔네 살의 막내딸은!

눈물이 나서……

자꾸 눈물이 나서……

엄마 생각 · 8
—2010.12.8 수 엄마 20주기 제삿날

엄마 가신 지 꼭 20년 되는 날
고운 마음씨처럼
이승을 떠나던 그날
이불 같은 함박눈이 내렸다
20년이 지난 오늘
그날의 그 눈이 내린다
엄마가 보고 싶다
그날의 그 눈이 온다
엄마가 보고 싶다
그날의
꼭 그날의 그 눈께서 오신다
엄마가 보고 싶다
그날의 꼭 그날의 그 눈께서 내리신다
엄마가 보고 싶다

끝.

없.

이.

눈이 내린다

엄마가 내린다

2장

당신과 나, 손잡고 사네, 손잡고

부부가 된다는 것

부부가 된다는 것

그대가 내게 온다고
내가 그대에게 간다고
부부가 되는 건 아니지요

지금 서로 좋다고
함께 있고 싶다고
늘 행복할 수도 없지요

하늘이 푸르고
온 천하가 꽃 잔치를 벌여도
웃고 살 수만은 없지요

지금의 웃음이 눈물이 되어도
오늘의 기쁨이 아픔이 되어도

내게
손 내밀며 함께 갈 이름

부부가 된다는 것

건강할 때보다는
즐거울 때보다는

희뿌옇게 세상이 안개처럼 보일 때
돌부리에 걸려 넘어지고 지칠 때
황량한 들판에 홀로 서서 울고 있는
그런 나를 보거든
넓은 가슴에 뜨겁게 안아줄 이름

부부가 된다는 것

살면서

살아가면서

살아내야 하는 힘겨운 同行

결코 쉽지 않은

가벼울 수 없는 그 이름

장점보다는

단점을 바라보며 다독여주고

내가 기꺼이 낮아져야 하는

그림자 시간들

나이를 먹고

삶을 마감할 때

그제서야 알 수 있을 그 엄청난 인연

부부가 된다는 것

행복한 날에

햇살 한아름 안고
어쩔 줄 몰라
행복해합니다

살랑이는 바람에
콧노래 하느라
행복해집니다

오늘 -나!-
幸福하기로 작정하고
하나, 둘 조건 붙여봅니다

세 끼 라면 먹어도
시인만 되면 幸福할 것이기에

뚜껑 열면
쌀알 몇 개 나뒹구는
바닥 보인 항아리가
예쁘기만 합니다

同行

그렇게 걸어가자구.

한 곳을 바라보면서
더 가깝게도 말고
더 멀지도 않게

그냥
기차가 달려가듯
레일만큼의 간격을 두고

양팔을 뻗으면
서로 손 잡을 만큼만

너와 나 모른다고 말 않고
그저 조금 안다는 듯
씨익 한 번 웃어 줄 수 있게

그 정도로만……

그렇게 걸어가자구.

아버지

한 번도
단 한 번도
사랑할 수 없던 그 이름

꼭-꼬-오-ㄱ
빗장을 걸어 잠근
그 틈을 통해
햇빛 타고 오신 애증……

나에 대한
이유를 알 수 없던
'미움'이라는 이름의
막-내-딸

아버지 호령 같던 상추밭

자식 없은 이마

서리 내린 머리에서

서럽던 가을은 또 그렇게 익어갑니다

보랏빛 도라지꽃

모퉁이 돌아가다

못내 그리워

그림자 되는 허상

나그네길 접으실 때

제가 올린

의미 없는 중환자실

밥.한.술.가.락.

별일 아닌 듯
언제 그랬냐는 듯
세상 향해
멋있게 웃어 주고 가신 님

그 길 따라
치렁치렁
하늘이 웁니다

아버지 맘
바다 만든
제 가슴에
장마가 한창입니다

봄의 속삭임

봄이 오듯이 내게 아가가 옵니다
수정처럼 맑은 얼음장 밑으로
아주 작은 물고기 몇 마리……
수런수런 시냇물 소리
맑게 퍼지는 햇살에 한 뼘 키도 큽니다
아가의 이름도 지어보고
얼굴도 그려보면서 마냥 설레고 기쁜 맘으로
가슴 벅찬 기다림에 젖어듭니다
열 달 동안 잘 견디어 내자고
새끼손가락 걸고 웃어봅니다

겨울을 이긴 새싹들이 하나, 둘
앞다투어 올라옵니다
엄마 밭에 뿌리내린
작고 여린 아가도
봄처럼 아장아장 걸어옵니다

딸들에게

딸아
네가 세상에 올 때
하늘은 빛을 뿌리며 축하해 주었고
대지는 싹을 틔우며
희망을 안겨 주었지

옹알이를 하고
기어 다니며 어눌하게
세상을 조금씩 알게 되었지

투정도 부리고
울기도 하면서
이미
여성의 삶에 발을 내디뎠지

딸은
여성은
엄마는

예쁘고
아름답고
강하게 살게 되지

아들을 낳고
남자를 낳고
아버지를 낳는

그 험하고도 위대한 생명의 이름으로

살
게
되
지

봄이면
움트는 싹들의
겨울나는 아픔을 헤아릴 줄 알고

여름날엔
뜨거운 태양 뒤에
내리는 소나기의 고마움을 알고

가을이면
삭아 드는 나무와
한 장 낙엽에 눈물 흘릴 줄 아는
그런 감성을 가지렴

겨울이면
내리는 함박눈에 즐거워하면서
어려운 이웃을 돌아볼 줄 아는
사람으로 자라거라

사람이 되어라
진정 사람 냄새 나는
딸들이어라

그런 여자이어라

엄마이어라

사람이어라

진정 사람이어라

아가에게

네 자는 모습은 평화
네 감은 두 눈은 기쁨
네 흘린 눈물은 사랑
내게 네가 있음은 기도

당신

나 울 때
"왜 울제?" 하던 당신.
내 눈물 내(川)가 되어 흐르는 줄 모르고.

나 아플 때
"왜 아프냐?" 하던 당신.
몸보다 마음 더 아파 힘든 줄 모르고.

나 웃을 때
"입도 크다" 하던 당신.
크게 웃어야 슬픔이 감춰지기 때문인 줄 모르고.

사랑하냐고 물으면
"그걸 몰라서 물어?" 하던 당신.
숯거멍 같은 내 속 숨기려 물어본 줄도 모르고.

나 하나쯤 울고 웃는 건
순전히 당신 말 한마디에 달렸다고.
나 하나쯤 행복함은
순전히 당신 손바닥 안에 있다고.

때론 그 착각이 고마워
눈물 나는 사람아. 사람아.

가끔씩 시집 한 권에 묻어오는
한 줄짜리 글에서 당신과. 나
손잡고 사네.
손 · 잡 · 고 ·

부부

당신은 아마도 내게 미안하겠지
나는 무척 화가 나고 서럽기까지 했어
우린 한동안 말이 없었지

우리 둘 문제가 전혀 아닌데도
툭툭 터지는 사건들 속에
울화가 치밀어 바람 찾아 떠났지

당신이 말했어
"저기 찻집에 들어가 차나 한잔할까?"
"응"

별로 반겨주지 않는 찻집에서
말 그대로 '나그네'가 되어 앉아있었지
창밖에 보이는 강물은 지랄스레 더러웠고
맥심커피 또한 억세게 맛도 없었지

침묵 가운데 강물과 커피가 기분을 더 나쁘게 했지

다시 당신이 말했어

"저기 고기 보여?"

"응"

입을 열면 울음이 수다를 떨 것 같아

"응"밖에 할 수가 없었어

당신과, 나

왜 그리 둘 다 불쌍하던지

하염없이 눈물이 났어

자꾸자꾸 눈물이 났어

돌아오는 길

당신과 나 많이 작아 보였어

또다시 당신이 말했어

"세차나 하고 갈까?"

"응"

자동세차 물줄기가

눈물처럼 쏟아졌어

후련했어

손수건에 수를 놓다

언제 한 번
예쁘게 치장해줬던가

언제 한 번
제대로 고마워한 적 있었던가

내 설움에 겨워 울 때
함께 울었던 너를……

새삼 미안함으로
한 땀 한 땀 사죄를 해본다

그렇게 나는

-손수건에 수를 놓다-

먼저 간 딸에게—
—딸을 먼저 떠나보낸 어느 엄마에게

그렇게,
나는 여름이 싫어졌다
네가 가고 없는 7월은
그 뜨겁던 7월은
내게 쩌렁쩌렁 대못을 박고 떠났다
큰 울림으로 밥은 목구멍을 지나지 못하고
고꾸라진 내 시간들은 너를 쫓아가는데
고작, 창문만한 너의 집에
자그마한 액자 하나 올려놔본다
지금, 나는 무엇을 해야 할지
한마디 말없이 떠난 너를
　　　　　　죽도록 보고파하는 것
그리고 조금씩 현실로 돌아오는 것
그것밖에…
이제야
해가 바뀐 이제야
비로소 나는 너의 무덤이 되어간다—

이런 친구 하나쯤 있었음 좋겠다

이런 친구 하나쯤 있었음 좋겠다.
비 오는 날 우산을 받쳐 주기보다는
쓰고 있던 우산마저 내 던지고
함께 빗속을 방황할 수 있는-
한밤중 전화를 걸어도
왜냐고 묻지 않고
당장 달려올 수 있는-

펑-펑 울면서 세상을 원망해도
참아라 누르기보다는
함께 욕하며 꺽-꺽- 울어주는
이런 친구 하나쯤 있었음 좋겠다.
참 좋겠다.

2015년 11월 어느 하루

잠시,
따듯했었지
네가 다녀간 그 이유만으로

봄부터 쓸쓸했어
13년을 보고 살았던 그 사람이
쾡-한 모습으로 떠났어
바라보기도 쓸쓸했던 그 시간들
딱히 할 게 없던 나는 그냥 울었어
가슴에 눈이 내리더라

여름에도
여름에도
하염없이 추웠어
작년 여름 딸을 떠나보낸 에미의
사그라든 그 어깻죽지에
따스하게 손을 얹어봤어
딱히 할 게 없던 나는
울면서 詩 한 편 써줬어
가슴에 비가 내리더라

그래도 쓸쓸했어
하염없이 추웠어

어떡할지 몰라 애를 태울 때
눈물이 앞을 가려 길을 잃을 때
가슴이 뻥 뚫려 바람이 드나들 때
딱히 할 게 없어 울기만 할 때

니가 와줬어
내 손을 잡아주고
내 등을 토닥여줬어
나는 늘 혼자였어
외롭고 쓸쓸했어

가슴에 내리던 그 눈이
가슴에 내리던 그 비가
잠시 멈췄어
네가 다녀간 그 이유만으로
참, 따뜻했어
잠시나마-

큰 언니
─마지막 만남

파킨슨과 치매로 요양원에 있던 큰 언니
주루룩 널린 빨래를 보고
주루룩 울었다
어느 날
급하게 중환자실로 옮겼다고
(아! 언니…)
"보고 싶어 하시는데 왜 안 오세요" 도우미의 그 말에
강릉행 버스에 앉아 운다
산소마스크 쓰고 호스로 영양 주사만 들어가는 언니
마른 입술로 웅얼웅얼 힘들게 내뱉던 그 말
"순덕아, 보고 싶었어 보고 싶었어 보고 싶었어"
아 ─
가슴이 내려앉는다
세상이 무너진다

이제 간다고
담에 또 온다고
손을 잡고 또 잡고 이별을 하는데
언니 손 냄새가 계속 따라나선다
춘천행 버스 안에서도 언니 손 냄새가 난다
그 어눌한 "보고 싶었어"는 나와 함께 앉아있다
큰 언니
그토록 나를 아끼고 챙겼던 큰 언니
다음 약속을 하루 남긴 채 하늘로 떠난 언니
그 아픔이 봉숭아 물처럼 그립고 진하다

버스 안에서
―아버지를 만나다

아침마다 시내버스를 탄다.
세상살이와 만나곤 한다.
한 날. 어떤 할아버지 모습에서.
아버지를 만났다.
허연 머리.
굵은 주름.
가녀린 어깨.
중절모.
지팡이.
아! 아버지!! 부를 뻔했다.
뒷모습이.
옆모습이.
아버지랑 꼭 닮아 얼마나 놀랐는지…
끝내 돌아보지 않은 할아버지께
감사드리며
보고 싶어 하는 내게 그렇게 와 주시는

아 . 버 . 지

3장

산다는 게 무언지 자꾸만 생각하고 생각합니다

산다는 건 · 3

산다는 건 그렇더라
　　참 그렇더라
아무 이유 없이도 슬프더라
　　　막 슬프더라
비가 오면 더욱 슬프더라
바람이 불면 쓸쓸하더라
나뭇가지 이리저리 휘어질 때면
내 어깨 짓눌린 삶의 무게로
매일 밤 울며 잠들던
그때가 생각나 서럽더라
　　마구마구 서럽더라

산다는 건 그렇더라
　　　참 그렇더라
아무 이유 없이도 슬프더라
　　　　막 슬프더라
눈 내리면 더욱 슬프더라
노을 지면 쓸쓸하더라
이 넓은 세상에 내 몸 하나
편히 뉘일 데 없어 서럽더라

꼬물꼬물 내 어린 것 입에
맛난 거 하나 넣어줄 수 없어 서럽더라
달이 뜨면 마구 서럽더라
어린 시절 달 따라가며 숨바꼭질하던
그때가 생각나 울고 또 울었어라
이 지구상에 그 어딘가로부터
부모 자식이 되고 형제 남매가 되어
웃고 울며 살아온 시간들이 서럽고
살아갈 남은 날들이 서러워라

산다는 건 그렇더라
　　참 그렇더라
아무 이유 없이도 슬프더라
　　　막 슬프더라
그리고 서럽더라
마구마구 서럽더라
산다는 건 그렇더라
　　참 그렇더라

무제 · 3

내가 오늘 누군가를 용서해야 함은
그 누군가 나를 용서했기 때문이다.

내가 오늘 누군가를 위해 울어야 함은
그 누군가 나를 위해 울었기 때문이다.

내가 오늘 누군가를 위해 웃어야 함은
그 누군가 나를 위해 웃었기 때문이다.

내가 오늘 살아있음은
그 누군가 나 대신 죽어갔기 때문이다.

산다는 건
약간의 웃음과
약간의 울음

산다는 건……

산다는 건……
약간의 웃음과
약간의 울음과

산다는 건 ……
절반의 탄생과
절반의 죽음과

산다는 건……
그 이상의
그리움뿐

산다는 건……
산다는 건…… 그저 詩다.

無心

부대끼는 마음
달리는 버스 안
희뿌연 창을 통해 뵈던
회색빛 하늘
차라리 눈을 감아 버리고

법정 스님의 "무소유"로
마음을 다스리고
마음의 평화를 주십사
주님께 기도하고

애써
나를 기준하여
'행복의 조건'을 써 내려 가고
더 못한 이들과
비교하며 위로받고

사는 게 뭔지
다 이런 거라고
내 뜻과 상관없이
한 번 왔다 그냥 가는 거라고
....

그뿐이라고.

산다는 건 · 2

산다는 건
나이를 먹는다는 거다

나이를 먹는다는 건
늙어간다는 거다

늙어간다는 건
그리움이 커진다는 거다

그리움이 커진다는 건
외로워진다는 거다

외로워진다는 건
더없이 혼자라는 거다

더없이 혼자라는 건
시를 쓰게 된다는 거다

시를 쓰게 된다는 건
사람이 되어간다는 거다

사람이 되어간다는 건
참 시인이 되어가는 거다

산다는 건
그런 거다

산다는건
그런 거다 ...

죽음

태어남의 뒷장.

그뿐!!

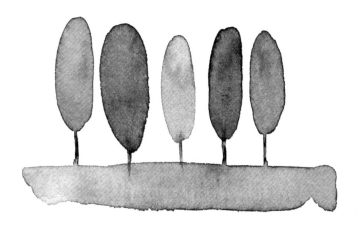

슬픔이 내게로 걸어왔다

뚜 벅 뚜 벅
이때는 몰랐다
눈치도 없고 심각하지도 않았다
발걸음의 간격이 큰 탓이리라

뚜 벅 뚜 벅
이건 뭐지?
마치 맞지 않는 옷을 입은 것처럼 불편하다
속이 부대낀다

뚜벅뚜벅
어느새 내 속을 파고들어
무허가 장기투숙을 하고 있다
핑계도 대 보고 변명도 해 보지만
내 잘못을 깨우치려는 듯
마구 휘두르는 슬픔들

울지 말 것… 울지 말 것…
하얀 이별에도 속없이 웃을 것
나를 탓해도 그냥 웃을 것
그리고 버틸 것

시간은 또 그렇게 흘러가고
나이는 또 그렇게 들어가고
언제 그랬냐는 듯 허허로이 살다가

뚜벅거리며 슬픔은 또 나를 찾아오고
익숙함 속에서 우리는 하나가 되어
뚜벅뚜벅 내가 슬픔 속으로 걸어간다

산다는 건 · 5

산다는 건 꽃이다
  바람이다
  노래다

이 세상에 꽃으로 태어나
산 중턱에 고해를 하듯 슬프게 엎딘
한 송이 꽃이어라
  꽃이어라

바람이 분다
누군가 울고 있다
슬픈 그림자 끌고 횡하니 부는
서글픈 바람이어라
  바람이어라

슬프던 그 시가

노래가 되어 웃는다

쉼도 있고 돌아가도 되는 길처럼

용산리 130번지

청춘이라 불리던 그때!
스물하고도 하나 둘 셋…
용산리 130번지
토요일 밤. 교교한 달빛 아래
야간스키를 즐기곤 했었지
한껏 고독한 스키어로 리프트를 타고 오를 때
나를 감싸던 팝송은 마치 연인 같았어
징검다리 같은 세월이 흐르고
이젠 그때의 팝송도 나처럼 늙어버렸나
늘어난 고무줄 바지처럼 지익-직
뼈마디 쑤신 신음을 토하는데…
하, 아득한 추억으로 자리 잡은
Yes, 평창! 용산리 130번지.
나를 시인으로 키운 내 고.향. 땅!!

다림질하며

구겨진 바지에
잠들었던 그대 하루가
다리미 지나가자
일제히 줄 맞추어 일어선다

기워진 바지 가랑이에
명치끝 아파 오고

거미줄 닮은
손수건은
날 위해
울고 섰네

비 내리는 빈에서
— 상념 2017

볼프강 아마데우스 모차르트와 사운드 오브 뮤직을 만난다
달리는 차 창에 가로수 같은 비가 내리고
앞자리에 앉은 남자의 옆얼굴에
사느라 참 애쓴 주름이 훈장처럼 빛난다
때마침 백지영의 '총 맞은 것처럼'이
빗줄기와 함께 세차게 나를 때린다
구멍 난 가슴에 눈물이 빠져나온다고
얼마나 많은 일들이 있었던가
살아보면 어느 날 아무것도 아님을 알게 된다
내 젊은 날이여…… 철들어간다는 거 어른이 된다는 거
늙어간다는 거 살아낸다는 거
쓸데없이 많은 생각을 하는 오늘, 지금 이 시간
젊은 날을 감싸 안을 수 있는
껍데기가 된다는 거, 그거!!

내 나이 오십에…

내 나이 오십에…
산다는 건 무언지 자꾸만 생각하네
　　　　　생각하네

내 나이 열 살에(10代에)
아무런 걱정 없이 마구 뛰어놀았지
산과 들이 온통 놀이터였고
애틋한 사랑 받으며 자랐지
내가 받은 그 사랑 나를 키워나갔지

내 나이 스물에(20代에)
온통 세상은 내 것이 되고
하고픈 것도 많았지
내 인생을 설계하고
사랑도 했었지
그리고, 난 엄마가 되었지

내 나이 서른에(30代에)
나만의 철학을 가지게 되었지
법정 스님의 '無所有'에 빠졌고
詩를 쓰게 되었지
나의 껍질, 엄마를 땅에 묻었고
난 그만 길을 잃었지, 아-아

내 나이 마흔에(40대에)
내 모든 걸 책임져야 했었지
얼굴조차도 만들어 가는 거라고
나의 생각과 말과 행동으로
퍼즐 같은 삶을 꾸려나갔지

내 나이 오십에…
인생의 중간에서 난 깨달았지
산다는 건 그리 거창한 게 아니란 걸
산다는 건 詩라는 걸
　　　　노래라는 걸
　　　　들꽃이란 걸

우린 결국 한 줌 흙이란 걸
난 그만 알아 버렸지
내 나이 오십에…

내 나이 오십에…
산다는 건 무언지 자꾸만 생각하네
생각하네

내가 아니기에.

나 아닌 너
내가 아닌 그대
이 세상에 '홀로'가 아닌 것
그 무엇 있으랴.

비우고
다 –
비워도
상처 난 마음에서 흐르는 피
끊이지 않고 남은 피딱지.

혼자서 파란 하늘 되었다가
　　　구름도 되었다가
문득 착한 동자승처럼
내가 아니기에- 그렇겠지.

．．．．．．．．．．．．．．．．．．．．．．．．．．．．．．．．．．．．．

둥지로 날아드는 '새' 한 마리.

고독

더 이상 내려갈 수 없는
사다리 끝에서
더 이상 빠질 수 없는
우물 맨 밑바닥에서
목놓아 땅을 치며
실컷 울었나이다

바다

내 靑春
쏟아 놓아 출렁이는 곳

쓰다만 파란 물감
풀어놓은 곳

내 희망 날개 짓에
끼룩끼룩 대답하고

내 삶의 시간만큼
무수한 모래 속에
영혼을 묻고

간간히 전해오던
찌릿한 바다내음
배추처럼
죽.고.싶.다.

아침

환희입니다

맞을 수 있다는 것

　　그것만으로

　　충분한 기쁨입니다.

바람은 싱그러이

　　마음을 씻겨줍니다

풀내음 가득하니

　　향수를 뿌립니다

커피 한 잔 마십니다

저녁 맞을 준비를 하려 합니다

다시 –

아침을 맞기 위하여

넋두리

한 평 땅 사서
내 맘에 꼭 드는 집 짓고 싶은데…
어찌 된 게
여기도 좋고
저기도 좋아
물 흐르듯 그렇게
사글세로 떠돌다가
공기 좋고 산 좋은
한 평 땅에 묻히리라
그러면 되리라

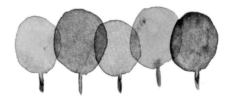

흙

재의 수요일!
사람은 흙에서 났으니
흙으로 돌아가라
모두가 재다
먼지다
흙이다
불혹을 넘기고
지천명을 바라보다
죽음의 묵상을 하고
착하게 두 손을 모아본다
장기기증이나
시신기증은 아니더라도
한 포기 풀 밑에 거름이라도 되고자
낮게 엎드려본다
한 치의, 한 발의
수서노 앙보도
그 뿌리 옆으로 한 줌 내가 눕고져.

가난한 자의 기도

시를 쓰는 마음은
왜 이다지도 아픈지요
내 맘에 멍울짐.
내 가슴에 못 박힘.
그런 것들로 인하여
내 기도가 길지 않게 하소서
이렇게 해주소서-라든지
무엇을 이루게 해주소서 라는 말들은
하지 않게 하소서 그저
감사함으로 살게 하소서
우리는 다 사라질 한 줌 흙.
살아갈 날들에, 그 시간에
감사만 해도 부족함을 깨닫게 하소서
태어남이 죽음과 하나임을 알게 하소서
그리하여 웃음이 울음과 하나라는 것도
아울러 느끼게 하소서
······이 가을에······

감사함으로
살게 하소서

4장

그러나 가을이 오면
왜 혼자가 아니고 싶어지는지요

마음 · 2

가을은 나를 아프게만 합니다.
내 몸도
내 마음도
내 외로움도
내 쓸쓸함도

가을은 나를 울리기만 합니다.
내 마음 알고 있다
　　알고 있다 하던 당신

단풍이 나보다 먼저 웁니다.

가을 · 3

이렇듯
나 혼자
세상에 던져졌습니다
내 그림자 안 보이듯
그렇게 모두들 안 보입니다
찾고 싶던 한 날은
보고 싶어 울었습니다
잊고 싶던 한 날은
잊기 위해 울었습니다
따지고 보면
아무것도 아닙니다
나 혼자 왔기에
나 혼자 가야 함을
너무나 잘 아는 까닭입니다
그러나 가을이 오면
왜 혼자가 아니고 싶어지는지요

마음

가을은 겨울보다 춥습니다.
마음이 하- 시려 눈물까지 얼고 맙니다.
앙상하게 남아있는 몇 개의 감마저
차마-
떨어지지 못하고 웁니다.

슬픈 가을 · 6
—이별 앞에서

마음이 가출을 했습니다

말 한마디

편지 한 통 남기지 않고

주인 몰래 가을바람 따라 떠났습니다

붙잡고 싶은 마음 간절했지만

자연보다 못한 인간이기에

무기력하게 지켜볼 수밖에 없었습니다

이별 앞에서

이별 앞에서 그대여

부모를 여의고도 다져지지 않는

헤어짐의 몸짓들은

작은 웃음인가

아픈 눈물인가

안녕이란 손 흔듦인가

덜컹거리는 기차 안

귀갓길에 오른 마음 한 조각

단풍 드는 그리움이여!

나목 · 2

싸리울 그너머에 키작은 할미꽃
물수제비 그리움만 덩그런 그이름
잊으려 애를쓰면 더살아서 크더라

슬픈 가을 · 3

밤하늘, 문득 올려다본 게
　　문득 올려다본 게
　　　　잘못이었어.

마당만큼 넓은 하늘에
우라질–
별님들 마실 나와 계시더군.
어린 시절 숨바꼭질하다
숨어서 본 그 하늘.
　　　그 별.

젠장-

되게 생각났어.

그래서 울었어.

그래서 더욱 슬픈 가을밤 하늘.

아직도 그런 하늘 볼 수 있다니-

그래 다행이야.

아! 다행이야.

가을햇살

산 아래
가난한 초가집 한 채 살았지
우리네 어머니 속처럼
꺼먼 굴뚝에선
아주- 이따금씩만 연기가 피어올랐어
그날은
먼저 간 그 누군가의 제삿날이라던가!
아주 작은 텃밭엔
배추 한 골, 무 한 골
어두컴컴한 부엌 한 켠엔
소나무 옹이 빠진 곳으로
히뿌옇게 들이치던 가을햇살 한 줌
유일한 방문객이었지
초에 불을 밝히고
잔에 술을 따르고

이 세상에

한 번 왔다 가는 나그네 길이

무어 그리 대단하거늘

코스모스 몇 잎에

구절초 끼워 창호지 바른

십자 무늬 창으로

그대 영혼 가을햇살로

걸어오누나

가을햇살로

그리운 아픔
— 천안함 희생 장병들을 생각하며

아파서

너무 아파서

웃어도 눈물이 되고 마는

내 피붙이들을 어이할거나

슬픈 가을 · 7
—요즘 세상

물이 아래서 위로 흐르고
노인은 많으나 어른이 없고
남을 죽여야 내가 살 수 있는
천륜을 저버리는 슬픈 오늘
사람이 살지 않는 이 세상
아무도 살 수 없는 이 세상
천재보다 인재가 많은 이 세상에
아가는 태어나려 하지 않는다

짝사랑

나 그대 알고 있다
누구에게 말하리까
혼자만 알고 싶은데

나 그대 사랑한다
누구에게 말하리까
액자 위에 걸어놓고 싶은데

나 그대 보고 싶다
누구에게 말하리까
눈멀고 귀먼지가 이미 오랜데

나 그대 잊었다
누구에게 말하리까
어디 가고 마음은 텅- 비어 있는데

이별

안녕
안녕
안녕이라고.

안녕
안녕
안녕이라고.

가을 · 6

가을은 몸을 풀었습니다.
해산의 고통으로
덜컥 -나-를 낳았습니다.

어쩌자고
어쩌자고

가을은 회색으로 온몸을 태우며
한없이 울어댔습니다.
나도 낙엽처럼 엎디어 뒹굴며
따라 울었습니다.

가을도
나도
죽도록 울었습니다.

그 위로 이불처럼
눈이 덮여갑니다.

눈 오는 밤

쉿!
조용해야 할 것 같던
검지를 입에 대고 숨죽여 울던 밤.

애증을 쓸어내던
싸리비 위에 한 줌 내려앉은 순결.

날이 새면 어쩌나
눈 녹으면 어쩌나

회색빛 하늘
달빛 내 맘에
촛농처럼 흘러내리던
피 그리움.

님이여
님이여

눈이 내리나이다.
눈이 내리나이다.

나목 · 1

보랏빛 산도라지 모퉁이 돌아서면
그리움 장승되어 홀연히 울고섰네
님계신 부드래골 가을비만 내리네

민들레

병아리 똥

내 어린 날의 도돌이표

가을 · 5

하늘이 내려옵니다.
잿빛 하늘은 한 발짝 한 발짝
산 위로 내려앉아
하마터면 산 중턱에
커튼을 드리운 줄 알았습니다.

너무 내려앉아
나를 감도는 그 기운에
가슴이 아파옵니다.
마치 10월 하늘에 눈이라도 내릴 듯
가슴이 시려옵니다.

가을을 앓는다 앓는다 말은 하지만
나처럼 주사를 맞지는 않을 겝니다.
가을을 탄다 탄다 말은 하시만
나처럼 숯 되어 울지는 않을 겝니다.

성당 가는 길

이렇게 가고 싶다
성당에
....

겨울날
눈사람처럼 순하게 무디게
껌벅거리며 바보처럼 웃고 싶다
투벅투벅 걷다가 미사에 늦어서
호랑이 같은 신부님 마중 나왔음 좋겠다

봄날에
밭 가는 황소 따라 고랑을 세다가
시금치 한 줌 뜯어먹으며
냇가에서 모래로 이를 닦다가
늦어서 헐레벌떡 달려가던 길
또다시 아카시아꽃 한 입 베어 물고서

여름날

막걸리 받아오던 누런 주전자에

메기랑 탱수랑 잡고 놀다가

징검다리 건너던 길

혼자서 저만치 가버린 하얀 고무신

성당에 도착하면 달이 뜨겠지

가을날

산길을 돌아가다

잣도 줍고 밤도 줍고

주인 모를 밭에

팔베게 하고 누워 평화로운 가을걷이를 하고

가난한 마음 흠뻑 취해 기도 드리고파

다시 겨울 오면

아무도 밟지 않은 첫눈 위에

입 맞춰도 좋으리

그리고 하느님과 함께 걸어가리.

성당 가는 길. 그 길을

슬픈 가을

뉴스는 맨날 어지럽다.
로또는 항상 꽝이다.
어디선 아버지가 칼에 찔려 죽고
어디선 어머니가 아파트에서 떨어져 죽고
국회의원들 싸움은 지겹기만 하고
농민들은 빚만 늘어간다.

우리의 조상들 농부 아닌 이 없고
우리의 부모 형제 가난하지 않은 이 없는데
왜 이리도 오만과 욕심은 끝없는 걸까.
하루, 해가 뜨고 지는 일도 서러운
온통 안개가 춘천을 휘감던 날.
어디선가 한 사람 삶을 마감하고.
배신은 등을 때린다.
슬.픈.가.을.날.

가을

높은 하늘을
차마 쳐다볼 수가 없다.
내 마음은 잿빛
떨어진 그리움들을 긁어모아
가을을 불사르고
아픈 마음만 재로 남는다.

뒷모습의 연가

언제 어디서든

누군가의

또 그 누군가의

뒷모습은 아리다

숙연함마저 깃든 처절한 삶의 현장이다

내 아버지의 그것은

가냘픈 새 날갯죽지마냥 애처롭고

내 어머니의 그것은

나를 닮아 더욱 애틋한 서정시다

내 아들의 뒷모습은

안쓰러워 가슴 시린 노래 구절이다

남편의 뒷모습은

처자식 매달린 쓸쓸한 가을 감나무로 나를 울린다

때로
누군가
또 그 누군가의 뒷모습을 생각하면
삶은 더욱 경건하리니
축복 내리는 기도가 되리니

주님께 올리는 기도

주님!
가을입니다.
비릿한 바다 내음
저만치 멀어져 가는 뒷모습 애잔해 울고 맙니다.
첫사랑 여운처럼
자꾸만 스며드는 가을은
나를 태운 잿더미로 다른 내가 태어납니다.
고개 숙인 벼 이삭은
더욱 겸손하라 꾸짖는 님의 말씀임을,
산안개 휘어 감긴 골짜기 물방울은
죄짓는 자들을 보다 못한
성모님 피눈물임을,
가을이면 더욱 가난해지는 저이기에
주님! 아시죠
아무것도 드릴 것 없음을.
참으로 죄 많고 보잘것없는

이, 인간.

주님께 드릴 것 너무 없어

저의 몸과 마음 모두를 봉헌합니다

주님 찾은 이 발길, 미사, 영성체, 성가.

그리고 눈물. 기도.

또한 일상에서 잔잔하게 느낄 수 있는

기쁨과 평화, 고통과 절망

오롯이 주님께 봉헌합니다.

설악의 눈물 나는 단풍과

오대의 맑은 공기와

낮은 산허리를 감도는 구름들

새벽이슬 머금은 詩 하나 올립니다. 아-멘!

5장

─────

나, 한 편의 시로서 있었습니다

이슬 · 2

사람으로 살기가
이토록 힘들다면
그냥 이슬이고 싶습니다

슬픔을 채에 거른
영롱함에 그저 고개 숙여봅니다

주어진 삶이기에
살아간다지만
때로 버거움은 눈물입니다

둥글게 살자고
무디어지자고

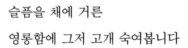

부딪치고 내어주던 그대
정말 동그랗습니다

자식에 사그라든 어머니처럼
그대는 정녕 가볍습니다

오늘도
그대 닮고 싶어 엎디어 웁니다

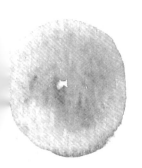

자화상

표구를 마친 액자 속
물감처럼 나를 풀어놓는다.

갈등으로 밑그림을 그리고
울음으로 채색을 해나가고

명암처리된 그리움들
삐딱하게 걸려있다.

삶이란 갤러리에-

물 같은 사람

때로 나는 물 같은 사람이고 싶다

간장 종지에 담길 만큼의 겸손이나
불의에 앞장서는 거대한 파도처럼

더러는
산기슭 나무뿌리 곁으로 따라 흐르는
서러운 세상살이나
와인 잔에 담겨지던
어느 카페에서의 호사스러움까지도.

어느 장소, 어떤 환경에서도
그 크기만큼의 자연스러운 삶을 사는

때로 나는 물 같은 사람이고 싶다

우리의 인생이 그러하듯
우리는 어디서 와서 어디로 가는가
시작이 어디이며 끝은 또 어디인가

자신을 드러내지 않고
모두를 아우르는
그대, 물이여!

때로 나는 물 같은 사람이고 싶다

들꽃
— 백두산 정상에서

키도 크지 못하고 아프게 엎딘

그대들 바라보며

차마 울 수도 없었습니다

너무나 진지하여

더욱더 엄숙하여

그냥 삶이다! 생각했습니다

마치 이불 위에 박힌 꽃무늬 같았습니다

벽지를 오려다 놓은 것도 같았습니다

예쁘다!! 탄성하기 보다는 가슴이 저렸습니다

안개 자욱한 산꼭대기에서

나! 한 편의 詩로 서 있었습니다

는개만이 숨죽여 울어대던 그 산꼭대기에서…

흔적

어느 한 가을날
문득
나를 만납니다.

누렇게 사위어
간들거리던
마지막 잎새의 그것들처럼

어쩌면 참으로 여유로운데
왜 노인네 검버섯처럼
보여져야 했는가?!

나를 남기려 하는가
내가 남고자 하는가

울면서 왔다고
울며 가야겠는가
의.식.주만
해결하면
나!
詩人 될 수 있겠는가?

어느 시인의 기도

참 시인이게 하소서
시를 쓰기 위한 시가 아니고
마음에서 우러나는
삶에서 겪는 경험으로
아픔을 승화시킨 시를 쓰게 하소서

말장난이 아닌 참 소리
미사여구 나열만 하지 않는 참 단어
어려운 말로 독자를 주눅 들게 하지 않는 참말
가슴에서 가슴으로 전해질 수 있는 시를 쓰게 하소서

나 시인입네 하고
나서기보다는
시를 읽어보고 시인임을
알게 하소서

오직 글로써만 말하게 하소서
오직 글로써만 말하게 하소서
하느님 보시기에 내가 누구인가를…

내 詩 한 줄이…

내 詩 한 줄이 그대의 밥이었음 좋겠다
　　　　가난에 설운 자존심까지 배불릴
　　　　자정을 넘어선 밤참이 되고 싶다

내 詩 한 줄이 그대의 눈물이면 좋겠다
　　　　그리워 그리워서 울 수도 없는
　　　　삶의 추억되어 동행하고 싶다

내 詩 한 줄이 그대의 목숨이면 좋겠다
　　　　버거운 세상살이 손 놓고 싶을 때
　　　　위로가 되고 싶다
　　　　희망이 되고 싶다
　　　　생명이 되고 싶다

내 詩 한 줄이
내 詩 한 줄이 그대 삶의 밭고랑에 거름이 되고 싶다

내 詩 한 줄이
그대의 밥이었음 좋겠다
가난에 설은
자존심까지 배불릴
자정을 넘어선
넉넉함이 되고 싶다

나 시인이고 싶어

나 시인이고 싶어
긁적이던 날들은
가을처럼 단풍 들어 낙엽이 지네.

나 시인이고 싶어
아파했던 날들은
생채기 다져지다 굳은살로 살고 있네.

나 시인이고 싶어
고독했던 날들은
깜빡이던 밤하늘 별되어 떠노네.

나 시인이고 싶어
울음 울던 날들은
산골짝 시냇물로 죽은 듯이 흘러가네.

…그리고 풍경

쎄느강보다 아름다운, 그곳.
소양 2교를 지날 때
버스에서 바라보는 서면은
누가 그려놓은 풍경화인가.
의암댐 쪽으로 끝없이 보이는
그 강 위에 흐르는 평화.
나 혼자 숨어서
詩를 쓰고 싶은 작은 집.
나룻배 하나.

이 시대를 함께하고 있는
멋진 시인들… 그 끝에
이름표 겨우 달고 서 있는 '나'
시인이라고
얘기할 수 있고
불리울 수 있는
기꺼운 행복
이 봄에.

법정 스님

내 나이 서른 살 때
나의 철학으로 '무소유'를 삼았다
아무것도 가지지 않을 때
비로소 이 우주가 내 것 같음을 알게 되고
한 번쯤 뵈옵길 바라기만 했던
그 크고 텅-빈 어르신
끝끝내 無所有가 되셨다

자다 말고

한밤중.

쓰레기 차 소리를 들었다.

모두 쉼을 가진 시간.

끊임없이 지구를 돌리는 사람들.

문득. 제 맡은 일에 충실한 그들에게

감사하고 싶은 새벽이다.

나도 시인이라 제대로 불려지려면

詩를 열심히 써야 하는데……

망설임 끝에 벌떡 일어났다.

새벽 4시 45분.

참 사람이고 싶다.

참 시인이고 싶다.

지난 5월 견진성사 때 들려주신

주교님 말씀.

-사람을 살리는 일. 그것이 바로 살림살이 라고.-

영혼을 살리는 일. 그것은 시인이 해야 할 일.

....

다시 잠이 들다.

詩에 관하여

세상에서 가장 멋진 일
　　　　　詩 쓰는 일
세상에서 가장 짧은 일
세상에서 가장 힘든 일
세상에서 가장 아픈 일
세상에서 가장 기쁜 일
세상에서 가장 못난 일
　　　　　詩 쓰는 일

감실 앞에서

감실 앞에 나아가
조용히 무릎을 꿇고 앉으면
한동안 무거운 침묵만 흐르는데
난 왜 그리도 우는 건지……
- 그래, 나다 -
- 내가 다 안다 -
나를 감싸는 그 위로에
울컥!
부대낀 시간들이 마구 올라온다
감실 앞에선
내가 죄인인 것도 잊어버리고
마냥 응석을 부려본다
맘껏 울어도 본다
감실 앞에서 나는-
점점 작아지다
이내 감실 안으로 들어간다

십자가 언덕

누군가 함부로 뱉어낸 말들

민들레 홀씨처럼 상처로 날아든 삶의 무게를

배낭에 준비해 간 자그만 십자가와 함께

슬며시 그곳에 내려놓는다

순례자의 엄숙함으로

나그네의 통회로

십자가 언덕은 침묵 속에서 울고 있다

내 발길이 닿을 때마다

죄의 무게로 조금씩 땅은 꺼져내리고

나는 도리어 가벼워지려 한다

1kg 줄어든 내 육신처럼

솜털만큼 가벼워진 내 영혼처럼

인간의 죄를 대신하여 보속을 하던

저, 저 십자가 언덕을 뒤로하여

노을빛에 취해 붉어진 얼굴로

뒤돌아보고 또 뒤돌아보며 이별을 하고
셀 수 없이 많은 십자가 무리
뒷걸음질하던 나를 위로하며- 손을 흔들고
비 내리는 오늘도 아무 일 없다는 듯
그렇게 또 보속을 하리라
리투아니아!! 그곳에서

나

나
세상에 올 때
아무것도 없이
빈손으로 왔기에
나
거기로 갈 때
아무것도 없이
빈손으로 가리라
나
세상에 보내신
그분의 의지대로
살아지다가
나
그곳에 데려갈
그분의 의지대로

스러지리라
나
내가 누구인지 몰라
가슴 앓다가
나
내가 누구인지 알 것 같을 때
마음의 방황 끝내고
그분께 안기리라
나의 주인 그분께로

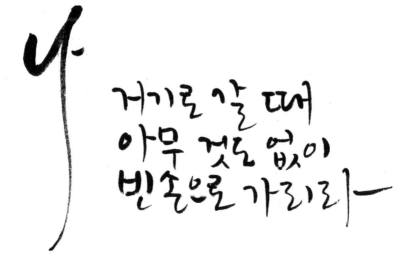

나

거기로 갈 때
아무 것도 없이
빈손으로 가리라—

존재의 이유 · 2

여보세요?
"아- 네!
심순덕 씨 시를 올리고 싶어
전화드렸습니다.
그 시를 보고 너무 좋다고
우리 대장님이 꼭 그 시여야 한다고…"

우울 속에서
좌절과 절망 속에서
포기로 내닫던 희망들이
살 이유를 찾지 못하고
방황에 방황을 거듭하고 있을
때.

나는 다시 살아도 되는구나
죽지 않아도 되는구나
죽을 수도 없구나.

다
내 편이 아니어도
다
나를 떠나도
나에겐
詩가 있구나
그래 다시 詩와 동거에 들어가자.

억지로
위로를 찾아 헤매던
불쌍한 영혼아.

굳이
찍어대자면
가난한 시인으로 살고 싶다.
　　　그렇게 죽고 싶다.

시인의 하루

기도하오니 주여!

하루를 주십시오

제게 하루를 주십시오

오롯이 몸과 마음 다 풀어헤치고

詩만 생각할 수 있는 날

하루를 주십시오

감실 앞에서

당신만 생각하던 그 긴 시간처럼

詩만 생각할 수 있는 하루를

그런 하루를 선물로 주옵소서

그 무언가에 내 마음 다할 수 있다는 건

살아있다는 그것

살아간다는 그것

사랑한다는 그것

기도하오니 주여!

오롯이

시인의 하루를 봉헌하게 하소서

아-멘

6장

엄마 무덤가에서 칭얼대고 싶습니다

엄마 생각 · 6
— 장독대

아버지와 난 성당에 무척 열심이었지
저녁 미사에 늦을까 이른 저녁 차려 주시며
늦겠다 얼른 가라 손 흔들어 배웅해 주셨지
그 후 엄마는
깨끗한 물 한 사발 장독대에 올려놓고
주저리주저리 두 손 빌며 기도하셨지
우연히 내게 들킨 엄마는
멋쩍게 웃으며 쑥스러워하셨지
장독대는 엄마의 성전이었지
하느님, 부처님, 산신령 다 찾아가며
우릴 위해 빌고 또 비셨지
그 기도로 오늘 나는 詩를 쓰는지 몰라

5월 이야기

5월이 되면
나는 또 마음을 잡지 못하고,
물기 어린 추억이
또다시 푸르게 싹을 틔운다.
5月의 신부는 또 얼마나 아름다운지-
하늘 한 번 제대로 쳐다볼 수 없던 빡빡함 속에서
내가 가는 이 길이,
세상 가는 대로, 그렇게 가는 건지,
과연 잘 가는 길인지,
그때 내딛던 그 발걸음으로
울고 웃으며 꼬박 17년을 살아왔다.
이제는 훌쩍 커버린 그 아이들이
-엄마, 아빠 결혼기념일 축하드려요-
손수 만들어준 케익 위에 싸-한 눈물 한 방울
문득.
엄마가 보고 싶다.

문득,
엄마가 보고 싶다

엄마 생각 · 7
—혼자 가시다

외할머니께 귀하던 딸 내 엄마
언젠가 내게 주신 편지에
'여자는 언제나 외롭단다'
남편이 있어도 외롭고
자식이 많아도 외롭고
비가 와도 바람이 불어도 외롭고
가을이 와도 눈이 내려도 외롭다
9남매의 막내딸인 나를 결혼시키고
할 일 다 한 양
떡-하니 당뇨에 걸려
입원과 퇴원을 반복하다
하얀 겨울 어느 날
외롭게 혼자 가셨다
잠든 모습을 보고
깰까 봐 자리를 뜬 사이에

혼자서 그렇게

외롭게 가셨다

'여자는 언제나 외롭단다'

평생을 그렇게 외롭게 살다가

혼자서 그렇게 외롭게 가셨다

혼자 왔다가 혼자 가거늘…

외로운 것이 인생인 것을

나, 오늘도 끝없이 외롭나

없어진 집

내 아버지가 살고
내 어머니가 살고
오빠들과
언니들이 살던 집

어진 소들이 살고
누렁이가 살고
염소와
닭들이 살던 집

초가지붕이 살고
흙 부뚜막이 살고
장작과
검불이 살던 집

공기놀이가 살고
고무줄놀이가 살고
숨바꼭질과
비석 치기가 살던 집

반딧불이 살고
은하수가 살고
달과
별이 살던 집

옛날 얘기가 살고
라디오 연속극이 살고
멍석과
삶은 감자가 살던 집

내 어린 날이 살고
흑백사진이 살고
옥수수염과
코스모스가 살던 집

어느 한 날 아시안 게임으로

도시계획에 밀려

온데간데없이

사라진 집이 있다

나의 고향 748번지

없어진 집!

고향집 · 봄

창호지 문틈으로 네모난 세상이 보인다
순한 어미 소가 가지런히 밭고랑을 갈았다
그곳에 한 알, 두 알 감자를 심었다
한 달간 심하게 홍역을 앓고 났더니
하얗게 핀 감자꽃들이 앞다투어 나를 맞는다
그때의 벅차오름. 환희
세상의 큰 변화를 처음 맛본
내 나이 아홉 살 때였다
겨우내 두껍게 얼었던 얼음이
쩍 - 쩍 갈라져 얼음 배 놀이를 하노라면
무서움과 두려움으로 짜릿한 스릴을 만끽했다
그 사이로 봄은 기똥차게 흘러내렸고
나는 물먹은 새싹처럼 씩씩해져 갔다

고향집 · 가을

엄마는 주로 밭에 앉아 계셨다

다 따먹은 옥수수대를 베기도 하고

콩 단을 묶기도 하고

깨를 털기도 했다

겨울 채비를 하느라 장작은 트럭으로 한 대 들여

놓기도 했지만

뒷산에 올라 소갈비를 긁어오기도 했다

특별히 부러울 게 없던 어린 날

내가 아는 세상만큼 만족하며 살았나

그때부터 시인이고 싶었나

그다지 가지려고 하지 않았나

없을수록의 맛을 느낄 줄 알았다

「비움의 미, 여백의 미, 공간의 미.」

난 그때 이미 시인이었나?!

꽃

외할머니 산소에
할미꽃으로 앉아있던

엄마 손에 빨간 꽃잎
봉숭아 물 되어 잠들고

오빠 손에 별님 되어
초롱이던 패랭이꽃

그리워 떨다 진 잎
보랏빛 도라지꽃

엄마 생각 · 12
─ 저축

엄마! 하면 저축! 이다
1960년대, 그래도 먹고살 만했던 우리 집
그럼에도 엄마는 저축이 몸에 배어 있는 분이셨다
우체국을 주로 이용했던 그 시절
푸성귀를 팔고 옥수수를 쪄 팔고
오빠 언니와 내 통장에 20원씩 넣어 주시던
그 심부름을 자주 했던 나는
자연스레 취미자 특기가 '저축'이었었다

그렇게
엄마는 저축처럼 내게 스며 있다
저축은 엄마처럼 내게 배어 있다

그리움

숲속 작은길 닮은
엄마 가리마에
나물 바구니 옆에 끼고
걸어가고 픕니다.

까실하니 볼에 닿던
하얀 옥양목 속적삼이
오늘따라 살을 풀고
울어줍니다.

엄마 생각 · 14
―봉숭아 물

엄마의 손끝엔 흙 때가 떠나지 않았다

그 손으로 가꾼 봉숭아는
백반과 소금을 넣고
큰 나뭇잎으로 감싸
실로 묶은 채 하룻밤 자고 나면
손톱보다는 살에 더 많이 들고
손은 퉁퉁 불어 있었지만
내 손톱에 꽃물로 자리 잡았다

지금도 해마다 들이는 봉숭아 물은
진한 엄마의 사랑과
그 추억을 들이는 거다
엄마를 들이는 거다

엄마 생각 · 10
―꽃치마

떡-! 하니 당뇨에 걸린 내 엄마

한 번씩 살이 빠질 땐 바스라질 듯 작아졌다가

당뇨 수치 500을 넘기며 복수 가득 찰 때면

마치 개구리 배 닮아

터질 것 같아 무섭던 그 배

그 몸을 지켜주던 고무줄 꽃치마

감색 바탕에 하얗게 안개꽃무리

가슴 아프게 피어 있던 그 치마

시금도 내 옷 서랍장 밑바닥에

엄마처럼 누워 잠든 그 치마

엄마 보고플 때면 슬며시 꺼내어

가끔 한 번씩 입어보는 그 치마

감색 바탕에 하얗게 웃으며 서 있는

안개꽃 그리움

엄마 생각 · 15
—엄마 냄새

버스를 타고 비포장 길을 달려
엄마와 외할머니 산소를 다녀오는 길
봉평 부드랫골 무덤 앞에서
하염없이 울음을 토해내는 엄마
왜 우냐고 영문을 모르는 어린 내게
'아니다'며 삶을 게워내셨다
돌아오는 차 속에서 나는 멀미에 시달린다
고통스러운 그 시간
엄마 품에 폭- 안겨 엄마가 나를 토닥여 주면
머리 아픔과 멀미는 어느새 사라지고
쌔근쌔근 잠이 들곤 했다
은은히 나를 감싸던 엄마 냄새
신기하기만 했던 엄마 냄새

아-
엄마 냄새, 그 냄새.

산소에서
—'TV동화 행복한 세상'의 DVD 촬영차 산소를 찾는 길

막내의 특권으로

그냥 있는 그대로

찢어진 청바지에

헝클어진 머리로

난 아무래도 괜찮을

엄마와의 관계

떠나고 싶지 않은 3월의 눈이

양탄자처럼 깔려있고

그 위를 서걱 서걱

서러운 그리움으로 걸었다.

꽃을 무척이나 좋아하시던 엄마!

집 울타리를 생각하며

싸리꽃을 준비했고

빨래하던 냇가를 지켜주던 버들강아지

PD의 집요한 물음에

눈물이 말랐다고

이젠 울지 않는다고

그러면서 애꿎게

발만 비비고 섰는데

소주잔을 싸 갔던

분홍빛 냅킨이

내 눈물을 받아내고 있었다.

세상에서 제일 불쌍한 사람

　　　　　엄마 없는 사람

세상에서 정말 불쌍한 사람

　　　　　자식 없는 사람

세상에서 적당히 불쌍한 사람

　　　　　딸 없는 사람

난 모른다.

그것밖에

내려오는 등 뒤에서 카메라가 꺽꺽 울고.

고해성사

성당 고해소에서 드리는
"나의 범한 모든 죄를 전능하신 하느님과
신부님께 고하노니……"가 아닌
　삶이 얼마 남지 않은 내 어머니께
"나의 모든 잘못을 내 어머니께 용서 청하노니……"
하는 고해가 있었다.
먼저 울음이었다
말을 꺼낼 수 없을 정도로 울음이 터져 나왔다
엄마! 이런 이런 이런 때 말대꾸해서 미안하다고
엄마! 이런 이런 이런 때 삐져서 죄송하다고
엄마! 이런 이런 이런 때 톡 쏴대서 잘못했다고
잠시 침묵이 흐르며 내 울음만 계속됐다
보속을 기다리는 죄인과 똑같은 내 모습
힘겹게 입을 여신 어머니께서

「울지 마라

그리 울 일도 아니다

부모 자식간에 무슨 그리 많은 잘못을 하고 산다고

이러냐

괜찮다, 다 괜찮다」

보속도 없이 사함을 받고

죄인의 눈물도 마르고

엄마도 이 세상에 안 계시고

살다가

살다가

가끔 한 번씩 꺼내 보는 흑백사진처럼

엄마와 딸의 고해성사를 되짚어본다

오! 나의 주님 나의 하느님

오! 나의 엄마 나의 어머니

엄마 생각 · 13
― 편지

내가 여행을 떠날 때나
내 생일 때면
학교 문턱도 못 가보신 엄마가
선물과 함께 편지를 주신다
받침도 틀리고 삐뚤빼뚤해서
통- 알아볼 수가 없다
몇 번씩 읽다 보면 그 뜻을 알게 되는데
나만 읽을 수 있는 엄마의 편지에
-여자는 언제나 외롭단다-
그 말이 지금껏 짠-하게 남아 있다
아버지와 9남매의 자식이 있어도
외로웠던 엄마
이 나이만큼 살아보니 엄마가 없다는 게
가장 외롭고 쓸쓸하고 서럽다
외할머니 안 계신 엄마의 그 외로움을
이제사 조금 알 것 같은데-
나도 엄마에게 가끔씩 편지 보내고 싶은데
받아줄 엄마가… 없다

엄마 생각·3
—총각김치

하얀 겨울밤 야식 먹는 즐거움으로
졸음을 쫓아가며 버텨봅니다
무서움을 참으며
엄마는 바가지를 들고 김치광으로 들어가
　머리통만한 통무와 양배추김치, 총각무, 갓김치를
꺼내오셨습니다
　저녁 때 잔뜩 해 놓았던 밥을 물에 말아 닥치는
대로 먹었습니다
　배가 터질 지경이 되면 아쉬운 숟가락을 놓곤 했던
　초가집 속 동화 같은 겨울밤 추억은 불혹을 맞았
습니다
　단 하루 살고 가란다면
　세상 그 무엇도 부러울 것 없었던
　내 나이 여덟 살의 그 끝없이 예쁜
　그때로 가렵니다
　기꺼이. 기꺼이.

思母曲

한줄기 비가 되어
엄마 무덤가에서 칭얼대고 싶습니다

이름 없는 들꽃 되어
엄마의 예쁜 꽃밭 되고 싶습니다

바람 되어 떠돌며
엄마 냄새 맡고 싶습니다

하얀 눈 되어
엄마 산소 엎디어 잠들고 싶습니다

내 뼈와 살 녹여

엄마의 바다에 가라앉고 싶습니다

한 줌 흙 되어

엄마의 무덤 이고* 싶습니다

*이고: 머리에 이는 것을 말함.

엄마는 그래도 되는 줄 알았습니다

1판 1쇄 발행 2019년 12월 6일
1판 3쇄 발행 2022년 2월 28일

지은이 | 심순덕
그린이 | 이명선

발행인 | 정욱
편집인 | 황민호
출판사업본부장 | 박종규
편집장 | 박정훈
책임편집 | 백지영
마케팅본부장 | 김구회
마케팅 | 이상훈 김학관 김종국 반재완 이수정 임도환 조안나 이유진
국제판권 | 이주은
제작 | 심상운
디자인 | 섬세한곰. 김미성 www.bookdesign.xyz

발행처 | 대원씨아이㈜
주소 | 서울특별시 용산구 한강대로15길 9-12
전화 | (02)2071-2019
팩스 | (02)749-2105
등록 | 제3-563호
등록일자 | 1992년 5월 11일

© 심순덕 2019

ISBN 979 - 11 - 362 - 1828 - 5   03810